Editor
Eduardo Lacerda

Editor
Ricardo Escudeiro

Ilustração interna
Mariana Godoy

Projeto Gráfico, Capa e Diagramação
Alessandro Romio | www.romioland.com

E74i Escudeiro, Ricardo

A implantação de um trauma e seu sucesso./ Ricardo Escudeiro — São Paulo: Editora Patuá/ Editora Fractal, 2019.

ISBN 978-85-8297-860-3

1. Poesia Brasileira. 1. Título.

CDD – 869.1

Ficha Catalográfica elaborada por Janaína Ramos – CRB-8/9166

Índice para catálogo sistemático:

1. Poesia Brasileira : Literatura brasileira 869.1

Editora Patuá – Livraria Patuscada
Rua Luís Murat, 40
Vila Madalena – São Paulo – SP
(11) 96548-0190
editorapatua@gmail.com
www.editorapatua.com.br

a implantação de um trauma e seu sucesso

ricardo escudeiro

f7

ERRATAL EDITORA

p75

PATUÁ EDITORA

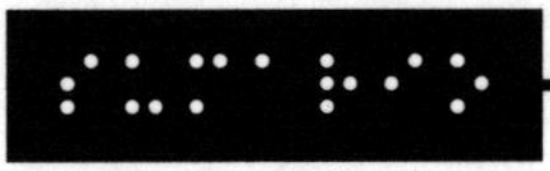

Prefácio à implantação de um trauma e seu sucesso*

Estranha_mente, quando alguém que amamos está nos dizendo coisas que realmente valem uma escuta atenta, sensível, nossos olhos caminham para as mãos no lugar de ler os lábios. É como se a ideia fosse nos tocar. Fazemos isso por razão nenhuma. É um mecanismo de querência, talvez. No fundo, a palavra só faz sentido se materializada no gesto, ação contínua e relacionada ao verbo. Isso explica nosso fascínio por seres mágicos, supra-humanos. Uma ansiedade que caminha por dentro das ondas cerebrais em busca de um sentido para nossas tragédias que, fôssemos mais divinos, teríamos preconcebidas no entendimento. A poesia por vezes pode nos trazer esse enlace, entre o mistério e o palpável, entre o fantasmagórico e o racional. O poema não configura um sentido, mas transfigura o sentir e nos eleva a uma condição que ao mesmo tempo é desconfortável pela ausência de um objeto direto, mas acolhedora, porque busca em nós mesmos os signos que nos decifram por dentro, a estranha mente. O poeta vem afinal, com esse tipo de "fraternismo" que nos esfola, palavras que se revelam "moedinhas jogadas no pote" e, embora traga a certeza de que estamos sozinhos, o gosto é de amizade. Ao poeta chamaremos sujeito de implantação de traumas, e ao seu sucesso a garantia que cabeças se reconstruam com tripas, coração, sexo, num pensamento significativamente corpóreo.

Prefácio a uma outra implantação de um trauma e seu sucesso**

[...] As carnificinas cinematográficas só são difíceis de engolir se, em algum nível, a pessoa acreditar que as torturas estão sendo infligidas nela. Na verdade, é irônico que esses espetáculos tenham reputação tão ruim entre os fanáticos pela Bíblia, já que os horripilantes efeitos especiais dependem, para impactar, da compulsão decididamente cristã da plateia de se colocar no lugar de seu semelhante. Mas Kevin havia descoberto o segredo: não só que não era real, mas também que "não era ele". Com os anos, vi Kevin assistindo a decapitações, estripações, desmembramentos, empalações, crucificações, escalpos e olhos sendo arrancados e nunca o vi piscar um olho. Porque ele tinha sacado o macete. Se você não se identifica, o horror e a sanguinolência são tão desconcertantes quanto ver sua mãe preparando um estrogonofe. Portanto, do que exatamente estávamos tentando protegê-lo? O lado prático da violência é geometria rudimentar, suas leis, as mesmas da gramática. Assim como a definição escolar do que é preposição, a violência é qualquer coisa que um avião pode fazer a uma nuvem. Nosso filho tinha um domínio acima da média tanto de geometria como de gramática. Havia muito pouco em "Coração Valente" - ou em "Cães de Aluguel", ou em "Brinquedo Assassino" - que Kevin não era capaz de ter inventado ele mesmo. [...]

---

* por Penélope Martins

** por Eva Khatchadourian

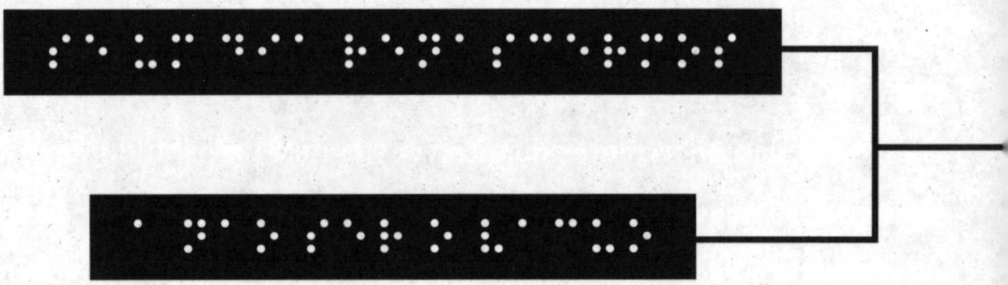

para Eduardo Lacerda, como se me dissesse
"Shun, se um dia renascermos, seremos irmãos novamente"

---

o que aqui vai não dedica-se à leitura à alta voz
quiçá indedique-se à leitura alguma.
pois que na terra agem as forças – ou interações – fundamentais.
e cabe àquilo que cai ficar no chão ou não.
reunir a matéria de dois ou mais tempos
há muito ou há pouco afastados.
ser uma singularidade.
pois que não existe isso de "o lugar típico"
a não ser o vácuo.

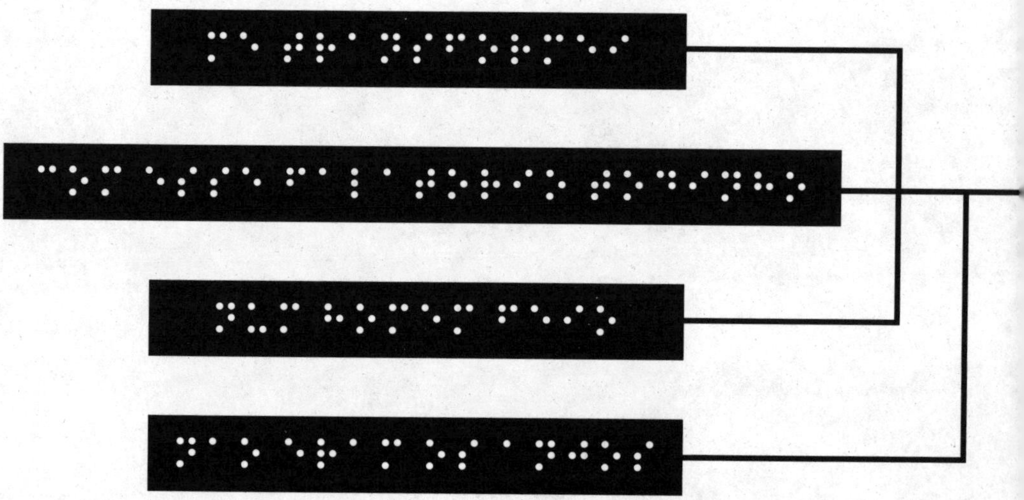

"Me transformei com esse falatório todinho
Num homem feio
Mas tão feio
Que não me aguento mais de tanta feiura
Porque quem vence o belo é o belo
Quem vence a saúde é outra saúde
Quem vence o normal é outro normal
Quem vence um cientista é outro cientista"

(Reino dos bichos e dos animais é o meu nome – Stela do Patrocínio)

"[...] não eram os anjos chorando sobre a desgraça dos homens, eram os homens enlouquecendo debaixo de um céu vazio. [...]"

(O Evangelho segundo Jesus Cristo – José Saramago)

e se te aprendessem as mãos

ab sentia

"[...] And I tried to buy your pretty heart,
but the price too high [...]"

(Anti – Rihanna)

e foi que perdi

e fiquei só
com aquela parte mais bonita

tipo

uma música
e o silêncio que ela provoca

a cicatriz de logan

> **"Uma alma triste mata mais depressa do que um germe."**
>
> **(John Steinbeck apud Hershel Greene)**

os leitores da hq lembrar-se-ão sem dúvida
de quando imaginavam a existência de um ser humano
esse tipo de bicho
que tinha todos os sentidos mais aguçados
todas as capacidades físicas aprimoradas
que tinha uma habilidade regenerativa descomunal
era capaz de reparar quase instantaneamente todo
e qualquer tipo de injúria física sofrida
que tinha os ossos de alguma forma
feitos ou revestidos cirurgicamente
de uma espécie de metal praticamente indestrutível
a esse bicho modificado a esse ser humano
tão diferente dos outros de que sabíamos
chamávamos imortal
maquinando
dentro dessa nossa natureza imaginativa
pensando quem ou o quê seria capaz

de matar algo ou alguém desse tipo

provavelmente dedos apontando tempestades
preveriam

ei
você não contrairá as doenças das massas
pra você nada de contágio
caminhará livre entre as epidemias
aprenderá outros meios e outras formas de compartir
das chagas que o mundo partilha das chagas
de destruição maciça
presenciará o dia em que seremos algumas das pragas
em outros destinos
estará muito vivo
quando levarmos acidentes de carros pra lua
quando chacinarmos as fés de índios de outros mundos
quando o último urso polar se enforcar
numa célula de isolamento
quando juntarmos os refugiados do clima
em torno dos presépios pós modernos
enfrentará quando anunciarem que purificação é o caminho
e ordenarem a incineração do ar sob a justificativa
de quem sem tê-lo jamais tocado diz que o fogo
é indolor e é limpo e é rápido

e mais

você não sentirá como uma perda irreparável

o terminar de cada dia

e na tristeza de cada vez que enterrar um amigo x

encontrará uma tristeza que todo dia

ao acordar vai dizer consigo

descanse em paz

você ainda tem tempo

mas há um defeito no metal

como na areia violada a que erroneamente

chamam vidro

e assim como uns anjos empurram

uma ou outra mazela

as garras que saiam das mãos vão desistindo

sabem agora mais que a carne irreparável

e vai sumindo aquilo que fizeram desse bicho

é um fóssil que caminha mas não crava

mais pegadas nem armas no vale

minérios e carne costurados um no outro

pelo sangue e pelas intempéries

finalmente depois de tanto tempo o encontro

das nuvens pesadas de fora com as de dentro

então essa é a sensação

deve ter pensado enquanto uma lágrima sozinha
inaugura esse rosto velho mas quase intacto

e morreu
segurando o próprio coração
como previsto
há um defeito no metal e seu nome é chuva

lynch

no céu
tudo está bem
desde que a entidade no planeta
que às vezes pode ser o prédio ao lado ou
o flare de uma tradicional empresa de derivados petroquímicos
ou mesmo a cabeça de um neném
transformada num planeta que se parte ao meio
desde que essa entidade
em alguns sites em certos sítios já chamada de
o homem no planeta o homem doente na cabana ou veja só
ah não se sabe bem do que se trata
desde que essa entidade se mantenha a si
numa deformidade que é tanto mas tanto dela quanto
não é só dela
uma deformidade típica
dos entes manejadores de alavancas

no céu
tudo está bem

de resto a praxe das matérias primas
o barro ou o aço ou um flagelo feito de sêmen e ovário
o que vale
é a especificidade hierárquica de um animal espelhado
que cá embaixo ficamos mantenedores
das perfectividades do alto revestimos órgãos tripas
e mais o que seja essa nossa materialidade
com refugos de ataduras que vão sustendo
essas nossas partes não removíveis

nem pele nem vaso

como é que pode uma inexistência de tempestade
vergar as telhas todas de uma casa
mas bem aí é que o interlocutor enquanto metamorfo
se torna o interrogador dizendo então
lemos aqui que você comentou
que essa é sua obra mais espiritual
o que diria se propuséssemos o seguinte
discorra mais sobre isso

eu diria não

não é preciso

e no céu
tudo estará bem
no céu tudo é perfeito

e disse sempre chegamos ao sítio aonde nos esperam

"How do I get you alone?"

(Heart, 1987)

aquelas coisinhas mais técnicas sabe

que só veem os jurados
e os estivadores de nulidades e os responsáveis
pela montagem
mas não muito os jurados
mas não todos os jurados

sonhos e moinhos
compartidos sob a mesma
pelica triste
e fria
que o rosto de um

todo dia

carrega

ou até mesmo o de um

o que seria

sabe
essas coisinhas
técnicas do som e da imagem

aquele plano de fundo sabe

cigarro descansa em mão apagado
inaudível na fumaça o fogo e a cinza
assentos vagos aos lados em cinema
ou qualquer outro sítio ou chão movediço
dizer do início ao fim ah desculpa tá ocupado
nana neněns embalando
filhos não nascidos
dança concedida em corredor estreito
com outro par
irreproduzível

não dar conta de acompanhar
olhar ao mesmo tempo
take e legenda
presentear outra língua

com olhai por nós e contexto mal traduzido
com distorção e com equívoco
sabe
a triste figura de realidade
vestida da mesma
malha triste
e fina e cerzida
que o rosto lá de cima

ontem eu vi sabe

aquele cobertor
que pela minha mão chegou da sua
até
à do morador da rua
fraternismos
e moedinhas de jogar no pote
e estamos sozinhos entre amigos

ogdru jahad

Des Vermis Mysteriis, página 87

sonho eu numa espécie de jangada com pessoas
que não consigo identificar
carcaças
de lugar nenhum alguns tanques de guerra
começam a mergulhar no que mais parecia um lago
não necessariamente um mar daqueles a que chamaríamos
um dos sete
pois calmo ainda que sob o ataque desses carros bravos
eis um submarino todo aceso em verde
como em neon iluminado
passa por baixo de nós em profundidade
que o deixa todo visível mesmo submerso
seja visto
tanto cá de onde estamos ou lá das regiões mais frias do espaço
ele se apaga de repente em nada
sentimos os cheiros e as formas e as premissas
de coisas marinhas desconhecidas em decomposição

começa uma sensação de horror de arrogância de acolhimento
em meio a escuridão e
silêncio de água
pulamos nas águas e nadamos despreparados
o chão dos oceanos que já nos tocava as costas

de então em diante sabíamos de um jeito diferente
o pão
o cada dia
o modo pelo qual deitar fora da terra o que é sólido e miserável
uma insciência que falia de modo coletivo
pois ainda
que não os enxergássemos sabíamo-nos
sob os oito abraços de cada um dos seus oito tentáculos

e será que nunca mais pisotearíamos lugares místicos

quer dizer
que se a forma da água é tudo
aquilo que ela toca
fim

cenotáfio

> **"Sad wings that heaven sent**
> **Wipes out in rage**
> **All guns, all guns blazing"**
>
> **(In: "Painkiller", Judas Priest, 1990)**

nem bem se estabelece
tipo o comecinho mesmo sabe
e lá no fundo alguém já dá uma chiada

ali olha lá
parece que é um em panorâmica

chegamos ao plano
e podemos mal observar a imagem de um piloto
na verdade da cabeça de um piloto
atormentada pelas imagens

ah sim
nem é o capacete que atrapalha
ou a máscara de oxigênio

dos rostos que pilotos não veem mas bem sabem a cara de hora exata

de indiscutível milagre das vísceras interrompido
esparramado
sem nem bem uma mirada nesses olhos
esses olhos cor de gente quando explode
sabem bem
restos e pormenores técnicos da expressividade
e o plano se abre

e será que é panorâmico
e quê será esse plantio desgraçado
o piloto coitado rachando solos
empenhado em uma sobrevivência que não é dele
e o plano se abre

e é pavoroso
e há alarde e é só isso mesmo
uma cabeça estática
mas não haver cabeças rolando não significa muito
a inexistência de panorâmicas
ou do cheiro do cansaço e da chantagem e dos gritos
o grito esse martelo terrível
nem do uivo das sinetas de crianças mulheres e idosos na frente
tem tapete vermelho que a gente prefere ver
com pedaços só de pés alheios
nem do velho sentado no barril sabendo só pra ele em voz baixa

isso que o céu manda hoje nem foi adestrado
nas cronologias do abate
e nosso plano se abre

cortamos pra imagem das poltronas com porta copos
podemos mal observar ninguém

o dilema das missões só de reconhecimento

ousando
chamar a atenção do lanterninha

ow
vem cá
pelo quê é que esse ingresso vale

tiger uppercut

"Aquele moleque, que sobrevive [...]"
(In: "Sobrevivendo no inferno", Racionais MC's, 1997)

esfarelar o insosso que é o carbono
mas por quê sempre essa questão de alguns textos com esse insumo
segurar vida pela cauda com as pontas do indicador e do polegar
com o desdém delicado de quem embala ranho
não
não é bem isso o que procuramos aqui descrever
é mais como estripadores dum ozônio perdido
não
mineradores
que cavam cavam pro alto
cada um com sua cotinha de halos imperfurados
abrir um buraco no céu
pra lamber os lábios de um qualquer anjo
ou preferiríamos falar de escalpos divinos
supostamente

ranking

e não tinha player dois ou violência que intercediam
perante o poder bélico daquele epíteto

você sabe com quem é que você tá falando
eu sou o provedor eu
é que tô pagando as fichas

nada como a humanidade elétrica da máquina
que deixava forças equiparadas
quando chegava o molequinho apostando uma única ficha
que antes pode ou não ter sido moedinha dessas de semáforo
nunca perguntei até hoje
quando ele falava

tô de próximo

se o cara é muito maior
a gente tem que mirar em pontos bem específicos ele dizia
ou algo parecido enquanto desferia os comandos
e que poética foda era essa dele
apagando aquela existência mesquinha
soldando como os manipuladores de fuselagens
da oficina do lado as mortes outras nas minhas
como calasse todas as rajadas de sóis superlativos
como fosse um soco na glote duma estrela

que deixava a existência em volta pausada no tempo

daquela única ficha

de um poema que cremei há pouco

"Dumbledore: Depois de todo esse tempo?
Snape: Sempre."

das partidas que não

e enquanto passa o outro à cinza
registro de matéria existida
a luz do crematório projeta cenas
de um curta metragem que logo a gente nomeia

podia ter

o pote de sorvete
e não mais a cena preferida
dividida na mesma colher de sopa
e não mais a mesma medida
e não mais o mesmo enquanto

a dor do desligamento se encena
e por isso recebe ou não

prêmio ou estatueta que seja
menos nos corpos que vão
mais nos corpos que ficam

como é que podem as cinzas
terem a mesma cor do fogo

e não as apagam qualquer sopro

hay no lobos

> "A vida se agarrou a mim feito uma doença."
>
> (Raoul Silva/Anton Chigurh)
>
> "Now another one bites the dust
> Yeah, let's be clear, I'll trust no one
> You did not break me"
>
> (Elastic Heart – Sia)

a taxidermia é uma arte
um processo
por meio do qual procura-se preservar
animal
durante muito tempo
o mais difícil é a expressão
o olhar
que se quer
que tenha o animal
como é difícil aprender animal
crescer animal
e é por isso que considera-se a taxidermia
uma arte

outra história e outra terra é

e seu movimento cabal

não

é ter um mais velho que a conceda

o pistão de abate

serviço ágil e muito mais pneumático

empalar memórias

claquete que dá no meio

ata esperas e últimas falas

que é que vem depois de

mas nem conseguiu terminar de contar o próprio sonho

e como

é que se conta batidas

de coração nos dedos depois

que decepam-se as mãos

e nos

ah

a gente vai caminhando

aí lado a lado

só a praxe

mesmo

pega aí com os seus nos meus metacarpos
só pra ir andando mesmo

no
country
for old man

conhecer animal
como é difícil

degradar os homens sem perturbá-los

se tal não vai à montanha à que vão já as montanhas

> **"A menos que con afán, que con afán conserves**
> **Tus inquietudes y así nunca envejecerás"**
>
> **(Roberto Bolaños)**

transtorna as geografias
os planaltos as planícies
as depressões
as intempéries vem em dois tipos
de dentro
pra fora e de fora
pra dentro
pega de punhado
tudo o quanto geomorfa e deduz pra si
um rosto não inquebrantável
que soe quase como se fora
manufaturado por um deus perspicaz
ou assim parecesse ao menos

a maturação um dos envelheceres mais inacabados

longe dos céus tanto almas quanto pássaros

livres e já próximos muito próximos
do paraíso como todo o resto

um silêncio de milhos nas calçadas

e chega
tremem
as rótulas quando querem tudo
não me dói
nos joelhos a montanha
agachada em perjúrio

contra conjunto ou neon sobre fumaça

o olhar mais se detém mesmo é quando falha
noutras vistas as minhas
descansadas param com essa coisa de

ultrapassa pelo acostamento
vai

tatear os mundos pelas suas córneas e pelas suas cordas
pois

dói na garganta o tanto seu nome nos pulmões
e nos descansos
e nos cenários
e numas pedras com umas sílabas
à tiracolo

ficar perguntando pra janela

quando a gente nem tá mais no carro

já chegou já chegou

não não
faltam ainda alguns aniversários

ver mais mesmo é quando longe

leio
claro tipo
um miopismo inexato

na fumaça do cigarro todas as esquivas tragadas
o cotovelo na mesa a cabeça entre os tabacos
como num balãozinho de hq daqueles de pensamento sabe
uma interrogativa
ou uma inlabial desleitura

faz quanto tempo desde a última
vez que sua boca nunca

decepticons

"Nenhuma carne será poupada."

(Marcos, 13. Como citado em "Hardware", 1990)

ah mas não tem aquele ditado
que diz que as pessoas tem medo do que não entendem

não elas não tem medo
elas odeiam

imagina uma cena num céu ou num solo sob guerra
ou num outro marco cívico da sua preferência
um lugar desses onde já muito não se entende
quase nada em verdade é um melhor termo
e não bastasse ainda vem esse exemplo estranho
esse desse recorte esse dessa cena
do encontro
da morte com seu respectivo enfermo
e o enfermo não sabe pode-se dizer
ele incompreende não sabe se é adequado
conferir

palmo a palmo e com calma
como é que lhe estão a sair-se cada uma das partes
do próprio corpo
e no mesmo ritmo os que estão à volta
não sabem

sim sim pode-se dizer que
incompreendem

esse público não entende como nem se é adequado
nem o quanto convém dizerem a esse enfermo que agora é deles
ei escuta cá
sobre corpos e seus maquinários muito não sabemos mas
convém tocar-se a si mesmo nesses casos
como estivesse no escuro
como quem busca confirmar-se
a cada um dos aparatos do que é que é feito
se compatível com aquilo a que sujeitamos e estamos sujeitos

mas por que continuamos
nos abatendo uns aos outros

ora isso também não são horas de trazer mais dúvidas que
bem
não percebemos

mas por que não aproveitar esse exemplo aberto
que outro e melhor lugar para se averiguar um coração
fora é claro
as mesas de autópsia e os outros
centros das tecnologias e discussões acerca do assunto

mas e a história do moribundo

ah sim
os últimos desejos de um pai
sob guerra e explicitamente perecendo
sim sim não mencionáramos mas
há uma criança como agravante de cena
enfim
as palavras finais
desse pai a um filho pequeno
algo já no âmbito do inaudível bem final mesmo quase

incompreensível

ditas a muito muito custo pousando a mão no tórax minúsculo
tão diferente do próprio aberto

me continue
faça a outros o mesmo

hor crux

"Ravenous, I will be god
Carnivorous Jesus, I need your flesh"
(In: "Wages of Sin", Arch Enemy, 2001)

treinar ou não mais truques em pé de frente a isso
como quem puxa com uma mão de mentira de dentro
de uma cartola fictícia
conjurando como fosse um bom princípio
e uma explicação de bom grado aceite e ingerida tanto
por adultos quanto por pequenos

à imagem e semelhança

tirasse da cartola umas raízes mais ou menos inverossímeis
veios secretos escondidos
falhas
da natureza bélica
falhas
de carregar nas costas nas
agonias e outros óleos sobre tela sobre vidro
uma escrita em seu grau mais zero

dar uma voz ao rosto de cada artéria

escuta
antes de escondê-la é preciso dividi-la
e você por acaso sabe como é que se divide uma alma

tirasse da cartola uma cena mais ou menos estranha
como descrever o momento de uma criança
encontrando um coelho deformado em homem
e na conversa estranha que se seguiria um animal
tomasse da mão do outro e levasse um dos dedos dessa mão
ao corte lateral que carrega do lado direito do tórax
desculpando-se em silêncio
que umas carnes se não forem bem cozidas
ficam secas e parecem chagas
a fricção
do oxigênio com o couro do oxigênio
com o ferro do oxigênio com o aço
como aprendesse em tempo impróprio o que diz o livro o manual

apalparás
já sem as mãos todos os lados possíveis de um mistério

tirasse da cartola um modelo de pingentinho
diadema do mundo um tronco

cravejado de hematomas
furtando
dos pássaros os voos

escuta
antes de mantê-la é preciso carregá-la
e você por acaso percebe como é que se desgasta
uma metáfora para os animais nós todos

quem sabe tivesse tirado de dentro
daquela cartola um cordeirozinho
mais carnívoro
como por decremento evitasse a criação do lado de cá
de algo pouco pior que um homem
como aprendesse que coelhos não vêm tão fácil
bem como os animais nós todos
é que talvez descansam
nos sulcos de uma mão que já desistiu
como guardado ficasse em espelho o que se quisesse imputrescível

a teoria de tudo

"[...] Somewhere in these eyes
I'm on your side [...]"
(In: "Depression Cherry", Beach House, 2015)

não mexia nesse ponto do cosmo
desde determinado mês de algum ano já passado
ou seria de outro evento e de repente
daqui me vejo escrevendo o seguinte
eu hoje dei uma epígrafe pra isso eu acho
por conta de algo que a nasa postara
e era o seguinte
que você continue voando
como o superman na micro gravidade
e que me fez pensar num horizonte de eventos
como o seguinte
os suspiros que meus dedos
desembocam em teus precipícios
somos nós buracos negros
ao som de fundo o universo
te percorrendo
notas leves notas nulas notas vivas

partituras brevíssimas
porque perenes
tons do esplendor ao desespero
e num quintal talvez nesse aqui também começava a tocar
arrival of the birds
só por conta da chegada dos pássaros mesmo
bem
no entrelace dos dedos
olhar um
o outro dizendo olha
o que nós fizemos
sem às vezes nem nunca termos nos visto
assim mesmo e ainda
aconchegar a minha pessoa na pessoa de outrem
uma das mãos é a de atravessar instante uma outra
é a de atravessar carne
um porta retratos flexível
na ponta de cada dedo
um desastre por teclar
como seguinte
uma breve
porque perene
história do tempo

audição cega

The Voice Angola

"Whisper words of wisdom
Let it be"

(The Beatles apud Alfredo Yungi)

sonorizar a extensão
de uma vala
de uma presença
de uma dor
da privação de coisa qualquer
urgente ou desnecessária
dedilhar escalas inexistentes com dedos leigos
de mãos leigas que não sabem se ficam no bolso
ou tamborilam o ritmo no nada

entalhar música no ar
raro efeito
quando da falta
das inexatas ferramentas
dentro do som
de dentro das suas vozes
moldamos todos os nossos

instrumentos transparentes
de nossos músicos imaginados

e estragar a solenidade fechada
na cerrada pálpebra do que se diz
história
e na semínima que é aquela eternidade
de visão ofuscada
enquanto o breu interior negocia com o clarão
de janela bruscamente escancarada
deixar-se calar pelo som
das gargantas das almas silenciadas

e não são já mais os fantasmas
viajantes solitários

kwiver

> "All those beautiful people, I want to have them all
> All those porcelain models, If only I could make them fall"
> (In: "Sleeping sun: four ballads of the eclipse", Nightwish, 1999)

em uma foto de Leticia Kamada

performance sob céu em incêndio
pega do lápis do estêncil mas traz logo vai
traz logo aqui pra uma cópia um ensaio
de uma narrativa bem visível de um astro em sua hora extrema
da queima e os medos que incita
a gravidade de exemplo ela pode ser testada
de modos que não são previstos cardealmente
como quando avós diziam dos perigos
de se olhar
para o sol
e fazíamos de filtros as chapas de exames de raio
e quem sabe até vez ou outra não registávamos por ventura
uma coroa solar transpassando uma mandíbula ou omoplata
como quando nos diziam dos perigos
de querermos um tamanho de sarça pra sermos ardentes
e nos alertavam já cedo

cuidado com o que almejam olha que assim
ficam pequeníssimos
perante seres supradizentes

nada igual um pouquinho do medo pra que te saia
tremido o traço
como quando da extrusão
que difícil essa lida com corpos intrusos seja em imagem ou som
das sete prováveis e das muitas outras
línguas que conforta um diafragma
como quem diz

temos aqui é um céu escarlate

sabendo
do perigo em dizê-lo por outros meios
sabendo
que por abdução ou por arrebatamento
colocam-se
as chispas em crepitação
coa-se
uma fogueira de baixo pra cima
pensa-se no quanto vemos das moléculas
em tremedeira líquida através das labaredas
do processo de cocção do asfalto ou do chão do deserto

e que falta faz não ter quem venha e diga calma calma

acalma teu coração criancinha acalma
acalma teu coração ou seja lá qual for a peça
donde guarda tuas coisinhas angustiantes tuas coisas
intranquilas

de miragem mesmo restava era saber que uma chama
em sua verdade é azul
azul como o inferno e de todo modo vermelha
era a cor ocupando a parte toda de cima das vidas
sabendo-se toda essa parte de cima

toda

precedendo o que pode ou não ser fotografia o que vai ou não
ser um enquadramento que outrem
igual
não faria
das destrezas com o fotômetro
que difícil descrever o que é fóton
que difícil
obturar o próprio fogo
esse
exemplo aceso da entropia

dealer

"Strumming my pain with his fingers"

(In: "The score", Fugees, 1996)

no ponto de ônibus bem de frente com a entrada
da viela
o motorista do ônibus aproveita o farol vermelho
pra cuidar
do desembarque da cônjuge e do filho
ajuda ela a ajeitar
uma mochilinha infantil nas costas
e a criança no braço
e
aproveita pra colocar na mochilinha
sem que ela veja
uns cuidados umas juras
que ela vai ver quando chegar em casa
aqui de longe é o que parece ao menos
aqui de longe
aqui do banco atrás da catraca
é o que o gesto que os dois trocam

quase todos os dias em que conseguimos
o ônibus desse horário
o gesto é esse da troca de afago no rosto um do outro
sem fala sem beijo sem nada
só
a mão de um em concha na bochecha do outro
e vice versa
aqui desse longe
é o que esse gesto nos passa

quartos fortes

The Amityville Horror, 1979
Barbacena-MG, 1930-1980

um poltergeist privado
a cada uma das impresenças que dormem sob esse
sob tal telhado
que é que pode valer tanto ou mais
que o ensinar
os nomes e as maneiras pelos quais dizer

teto

uma herança transitada um grau de imparentesco
uma diarista estuprada um bebê indesejado um descarte
político
uma lista
registro de loucos e indigentes

preta
preta

preta
branca
parda
preta

tá aí na lista minha mãe
ela era casada e meu pai entregou ela
como indigente

batiam e largavam a gente pelado na cela
no corredor no pátio batiam na gente de vara

meu pai me internou eu lá
ninguém veio me visitar nem aqui nem lá ninguém
eu tô com saudade do meu pai até hoje

ela me deu um choque a irmã
me deu um choque a irmã tereza
que levou meu filho
e disse que eu não podia nem perguntar

mas e um posicionamento do relações públicas
não tinha qual era
ele disse ah a procura por cadáver
pra essas faculdade era enorme neh minha função era essa

era uma casa muito engraçada
corroía as gentes do dentro pro nada e com critérios
em nome da razão

desglutição

que é que é isso
ora em crescendo ora em diminuendo entre a abóbada
palatina e o tapete vermelho
que é que é
isso que nos instantes que nomeiam
alegria
por ela devemos servir
mas é de bom grado no tempo que dominam
as nomenclaturas de tristeza
perguntarmos antes de encher o pote

oh bom senhor
quanto disto deseja

não sei
qual o gosto disso

uma mesma via
de lamber o gosto
de dizer o gosto
materna ou segunda ou

pode ser
carne ou não

mas e lacuna vazia

pode ser também até bifurcada tem
ou uma insônia
tipo um dormir ao contrário
e tem quem fala dormindo

ou traduções

a hora errada no seu relógio de pulso
é a certa de outro braço
em outro lugar de mundo ou pedaço de
adiantamento ou atraso é uma outra
que inventamos para dizer

mapa

me encontra na latitude tal
longitude essa
coordenada é uma outra que inventamos
para dizer

casa

as linhas que seguram e as que traçam
palavra
não são a dita ela mesma
mas dizer isso é já uma outra
falar

que dó

em áfrica ou qualquer outra embaixada
não trava paz entre as minas terrestres
e as pernas amputadas
diplomacia é uma outra que inventamos
para dizer

deserto

fazer o bem sem olhar a quem
mas com data local platéia e parafernália

abutres alimentando pombos
cobrar os créditos é uma outra que inventamos
para dizer

caridade

que pode ou não ser sazonal
que pode ou não ser teoria do benefício

uma lista de expressões estereotipadas
tem a
maior que a boca
mas é uma
ferina
deu com a
nos dentes
é uma outra que inventamos
para dizer

dicotomia e
ou parâmetro do humano
não saber guardar
segredo que todo mundo já sabe

a bola é minha joga quem eu quiser

é uma outra que inventamos
para dizer

lirismo

na foto de nove soterrados contar dez
no texto pensar

será que erramos aqui

é uma outra que inventamos
para dizer

empatia

encostar sem tocar na caixa
perceber a acústica torácica e seu altifalante
indefinidas polegadas
é mais outra que inventamos
para dizer

auscultar

interface de descoisar
aquilo que vai aí e cá dentro

que é que é isso
langue parole ou burburinho

uma língua

é uma língua e
outra coisa é outra cousa

vida de inseto

"Humanos em um futuro fascista e militarista guerreiam contra insetos alienígenas gigantes. Diretor: Paul Verhoeven"

fabricar a hora mais densa a tensão
entre aquele reino
que aqui por ora não nomearemos
e o reino onírico
como aquelas espécies de crossovers
estranhíssimos
não pensa não só visualiza ou escuta

aquela cena
em que seth brundle é quem come o peter parker

ou aquela
de um deus interino
que desse conta por exemplo
tanto de besouros quanto de sísifos
uma voz
que orientasse melhor

tal como a via láctea produzindo em uníssono
movam
as suas bolas de merda
em sintonia com a luz das galáxias

uma barriga pesada como se tivesse comido
todo o granito de que é feito um mundo
quando toda carne viva de toda coisa
viva foi limpa
dos ossos das coisas vivas
mas essa é uma sub cena cantada solta
de classificações inferiores de sub
reinos
filos também estranhíssimos

no contratempo uma cigarra
que fricciona
inflige
todo o mundo contra o próprio abdome

qual desses
é o melhor
dos mundos o hino

garganta do diabo

> **"[...] I finally died which started the whole world living**
> **Oh, if I'd only seen that the joke was on me [...]"**
>
> **(Bee Gees/Faith No More)**

desse teu imenso e venerável e húmido

não era dizer ainda
da nossa alma olhando pra dentro
enquanto grandeza mensurável a fúria do mundo tem mais peso
e ainda
em nossos
estados mais primitivos é que nos tornamos
mais rápidos mais furtivos
do sublime ou da lição de arquitetura dos tempos

silêncio

como dizer minha querida em gaélico

"Anne: É linda.
Georges: O quê?
Anne: A vida. É tanto tempo. A longa vida."

procurando algo que não me lembro no youtube
por ocasião de uma outra coisa da qual também não lembro
se por conta da perda de um bicho ou por um término ou
por ter acabado
de ver determinado filme não lembro
mas acabei na música somewhere over the rainbow
de israel kamakawiwo'ole trilha sonora do filme
como se fosse a primeira vez
protagonizado por adam sandler e drew barrimore
ao acionar a barra de rolagem o primeiro comentário
sim eu leio às vezes os comentários
era esse
eu planejo usar essa canção em meu funeral
tenho câncer estágio quatro e só rezo
pra que eu possa ver mais alguns sonhos antes
de voar por trás das nuvens
a esse comentário seguiam-se outros dos mais lindos

dos mais variados tipos ao longo dos mais ou menos
doze meses desde que o primeiro fora postado
sem qualquer tipo de resposta por parte
da pessoa que postara aquele
e já não me lembro porque comecei a dizer tudo isso
do mesmo modo pelo qual não me lembro onde ouvi
essa outra história não lembro
sequer se é história ouvida mas a história
era essa
papai foi com o cachorro e uma pá papai voltou só
com a pá

e paro por aqui
aqui eu me retiro

fóssil

> **"Victor Pascow: The soil of a man's heart is stonier.**
> **[...]**
> **Jud Crandall: The soil of a man's heart is stonier, Louis."**

tudo o que repousa
debaixo do chão desse cômodo

parênteses

mobília impresente que range
estala na mão de um descrente frio da noite
daí não tem tutorial ou pesquisa sobre
expansão térmica de sólidos e líquidos
que dê conta de domar o frio na barriga
similar a um frio no quê na alma
diria enquanto observa pegadas anônimas
pelos estofados pelos tapetes
pelo piso de cimento cru
nacos de carnes de lembranças dilaceradas girando num totem
como se pendendo de ganchos de açougueiro mas
é mesmo nas gavetas que se penduram
segredos

recém exumados caminhando a própria decomposição pelo quarto
inalando o quarto cheirando a quarto
acuando tudo o quanto é quarto
aproximando take a take
plano a plano aproximando lento e lento
pulso a pulso similar a quê
à mão morta
que te toca suave o ombro em silêncio pelas costas diria
e virar pra trás e não ter nada
só a câmera
e virar pra trás e não ter nada
e nem fome e nem medo
nenhum narrador que entregasse um eu te amo disse a coisa
nenhum diretor que dissesse

parênteses

e a gente pisa eh

isso depende

do quê

de onde e como você enterra
tem coisa que volta

um monstro no caminho

“Kunda, Astratta, Montosse, Canda”

(Naturom Demonto)

uma linda cena
uma filha chorando
a cena é essa de uma filha chorando apoiada em um só joelho
na meia altura na maca
cama
um corpo de pai
parece
já em ritmo de pré missa velório enterro
já em ritmo
de recesso dos aparelhos
uma linda cena pelos cantos do quarto
na visão periférica temos
em pé alguns figurantes de parentes sazonais
cada qual alisando um pingentinho e resmungando
qualquer coisa em tom assecla
parece
uma filha chorando é essa a cena

numa mão empunha indecisão e tremedeira e o que será
que tem na ponta dessa corrente que quase não vemos
na outra um punho cerrando um punhado do lençol da maca
como quem torce com raiva ou outras vontades derivadas os cabelos
uma cena linda
uma filha chorando e é essa a cena
uma voz entre tremer de lábios e dentes
uma voz de filha rangendo

eu não te amo eu te odeio
seu filho da puta por favor
morre
eu não te amo eu te odeio
por favor morre
sabendo

cenas
desse pouco que a gente vê
ao muito que não sabemos

camus

> **"[...] aqueles enfeites, tipo aquarinhos de neve, globinhos musicais,**
> **de agitar e fazer um inferno branco**
> **pra personagens fofinhos."**

uma casa
para a morte de cisne
e então de corpo e todo uma permissão constante
deixa vai
arder no coração o zero absoluto
detém vai
os átomos ao invés de destruí-los seria esse um melhor nome
para isso a que temos chamado castigo
e como cicatrizes ou marcos mais incisivos essas
verossimilaridades que por o serem assim quase
quase nos seduzem a repassá-las
a execução de uma aurora ostensivamente empunhada
num braço esquerdo
ou na perna esquerda congelada de uma bailarina
a memória
que aqui chamaremos lembrança
como uma dessas tatuagens mais absurdas

a memória um vírus antigo

eu me lembro que sua mãe dormia no barco que afundou
eu me lembro que o que te restou dela
foi só uma lembrança congelada
repousando no mar da sibéria
dê uma boa olhada nisso
dê uma boa olhada enquanto eu afundo essa recordação

a revolta genuína esse insumo raro mas verdadeiro
enquanto passagem da lição que pode ou não um mestre
considerar a mais cara a um aluno
que por seu turno demonstra toda a gratidão
aniquilando o professor com todas e cada uma
das técnicas ensinadas
gestos gravados
é memória mecânica que fala né

como alguém promove a união dos dois antebraços
e diz no sentido pragmático do te ofereço

toma
tem aqui um jarro onde pode despejar
se assim quiser se assim puder despejar de exemplo
um último abraço

enterrar pra sempre em caixão de gelo
esquife
a alma quente
que em verdade se a gente cisma em ver
nem existe escondida imensa atrás de frio eterno

que um mestre mais adequado dá até a vida pelo ensino
uma casa
para a queda de aquário
eis aqui
estejam bem vindos
aqui onde nasce aqui onde reside a alegria estranha
que tutela tanto a morte quanto a vida
uma casa para a vida de cisne

hic non sunt dracones

"Para mim a literatura continua sendo um meio
onde negociamos a nossa dignidade."

(Paulina Chiziane)

uma estrela lacerando um céu
dito assim soa até parecido com algo usado em outro
uma que descrevesse o gesto parecido
ainda com aquele outro
aquele de levar as mãos ao rosto e em camadas
pensar os dias no rastro
da leitura de teorias que não ganharam
apoio significativo da comunidade científica
objetos magnetosféricos em colapso eterno
o quê será que é isso
e pensar os dias

lembrete vfx inserir fogo nas cortinas tela verde

isso do rastro como uma tapeçaria
por nós desconhecida e que há muito não vemos
os astros eles mesmos não sabem-se em queima

talvez até por isso mais hábeis que os anjos
combustão
e fica aí traduzido o encontro das carnes com as atmosferas
quando das reentradas ou outros clímaces

lembrete vfx mudar tela verde

um enredo pra um jogo de mundo aberto
cheio de personagens extra dlc
o cruzado o colonizador e ainda outros criáveis
e com expansão ultramarina
cheios daqueles papos furados de almas e grandezas
nada vale a pena vocês sabem né
é tudo pilhagem dito de uma outra maneira
jogam famílias pra apodrecer num pós vida
sentenciam crianças pequenas a dormirem
em berços incendiados
enquanto os personagens ungidos cantam
de alma cheia essa letra
empilharemos e empilharemos corpos até
que perfurem a abóbada celeste
e nossa fama evoluirá assim como o tempo
armas biomecânicas alimentadas por baterias de carne
esplendor e agonia os blocos da construção civil do mundo
ali por perto um músico comenta com outro

dos perigos de se criar o que não se possa
executar posteriormente
ao vivo

lembrete vfx mudar olhos

tipo numa infância quando colocavam a gente de castigo
e falavam
é pra você pensar no que você fez
lembra
daquela vez em que éramos pequenos
e nos contavam
de um charco com moscas reservadas pra crianças travessas
e a gente pensava no quê a gente pensava só
em vingança
ou em poder voltar pra tevê
pro desenho em que o gato clara e constantemente
planejava os assassinatos do ratinho
e também o contrário
lembra daquela vez que legião
levava os porquinhos pra nadar

lembrete vfx inserir resplendor e sangue do tiro

o guardinha vestindo a camisa da empresa

suando na fardinha
dando e tirando
sangue pelo metrô chutando
perseguindo pelo vagão pelas plataformas
e até nos sonhos mais íntimos provavelmente
caçando o marretêro
que heroizão de merda olhem só esses seguranças
que homens pequeníssimos
algumas dessas virtudes cotidianas sustentam
passando fome e metidos a charles bronsons

lembrete vfx mudar a cor das chamas

há num dos degraus num dos círculos
um lugar em que leviatã ou algum dos outros mistérios
se apresenta não sempre mas às vezes quando entende
morfo em um leiteiro
o que não sabemos é a história prévia que atribuir
a esse portador do laticínio
se teve o corpo alvejado é uma incógnita
se foi chumbado pelos pés como naquelas cenas
de execução da máfia
os pés cravados no concreto e plantado no mar de brita
chumbado no ponto dos pontos altos
de uma importante avenida pra sempre

e principalmente nas horas de rush lembrar
lembrar não
sugerir
o que é que acontece àqueles que furam de dentro
pra fora os asfaltos
atrapalhando o tédio e o nojo e o ódio
ou seja o caminho e o tempo e o exemplo
daqueles que caminham sempre atrasadamente

lembrete vfx remover barbantes

uma criança faz essa reza diante de um prato
tia
me dá esses restos se você não for mais comer
e a moça diz eu te pago um salgado
ô amigo dá um desse pra ela que eu pago
e se volta de novo pro happy hour e pro assunto
que estava em pauta algo sobre trabalho dizendo
então
não que fosse meu subordinado nem nada mas

no oitavo dia
se escondendo com medo daquilo criado por ele mesmo
após responder a cada um dos sete testes de rorschach
inaugurava por ali

aproxima entrem entrem
o cão dos infernos só guarda as saídas

uma cena final mas não das mais belas
é que tem que seguir ainda
no pós créditos
implantação
de trauma
realizada com sucesso

the walking dead

na olaria o homem
faz
um deus
à sua imagem e semelhança
pra ser morto
todo dia

húbris

“The basic human need to be watched
was once satisfied by god
[...]
The autopsy report read:
the insides were beautiful”

(In: “Ison”, Sevdaliza, 2017)

e se há uma tradução errada no mínimo na ponta de cada dedo
na quase involuntariedade de um dom de línguas
no ler ou empunhar tais dizeres certos sentidos aproximados
katana adaga machete ou leitura de palmas
imagina por exemplo as eficácias necessárias ou diferentes
pra abrir caixas de presentes e pra abrir caixas torácicas
na tradução escolhida vai já um punhado de territórios
desunificados
um utensílio que provesse todos esses chamamentos
e sem problemas um coração partido em dois
por exemplo
a um legista podia talvez ser algo e poder-se-ia dizer

olha aqui
se pra um não interessa tem cá pra outro esse significado
há agora empíricas uma parte pra cada lado

que grande talher não é mesmo mas que grandiosidade pode ter
o talher que parte as coisas em pedaços de bocado do tipo
um pra mim outro pra mim ou um pra você outro pra você

que grande talher não é mesmo
uma língua que provesse ela mesma e todos os nomes de lâmina

fusão viva das coisas mortas

e se ficamos sós nas sentenças aproximadas
empilhando possibilidades de não saber do que se fala
esperando estar certa ou errada aquela ou tipo essa
quando o último leitor morrer
deus deixará de existir ou de armar-nos
mas não rasgamos nem perímetros como mais essa imagem
aqui sem eficácia daquele cometa que pensou ser ícaro
mas nem deixamos em paz a espada
nem sabemos se procuramos o mal ou o bem estar
nos dias ou nos séculos e não há problema nisso
e se há uma pauta pós metonímica
o esventramento a sua mão essa fala
pela qual me percorro e nos conheço adentro

ruas

um poema de Bruna Mitrano e Ricardo Escudeiro

"[...] Aqui o salto é 10 mil pés sem paraquedas,
É andar na prancha com tubarão branco à sua espera.
O .40 da polícia, o futuro não sobrevive,
Sangra, agoniza, no Front de Madeirite. [...]"

(In: "O espetáculo do circo dos horrores", Facção Central, 2006)

tocar a morte no mínimo
umas duas
ainda que dessas do tipo ah mas num era pra ser
até reconhecer a saliva de cada bicho
tocar tambor numa rua vazia
acordar quem te faz dormir
é preciso dançar com aquele cego
às duas

cegos não olham só pro próprio

escuta
uma umbigada de resistência
toca o tambor feito de pele de rua vazia
de ferocidade e simetria

e de cesuras e de sintomas

a linha
a grade a mão que em braile
embala o arame a farpa que pega pela mão
e carrega a estrada de meio fio
a meio fio de sono a sono
luz arrastada das calçadas até as portas

o som do fóton batendo no tapete de boas chegadas

os antes e os depois
ou os meios ou os muros já que dizer

as fachadas

também é perguntar isso é entrada ou isso é saída
a simples sustentação de falas cognatas

ué não tinha um poste bem aqui

bandeira de luz fincada ou uma catraca
demarcações que nos vinculam

superstição

Novos usos para o quarto de empregada

A cozinha, antes pequena, acabava no balcão que hoje divide o espaço.
A dependência de empregada virou uma sala de almoço
para atender ao desejo principal da família:
viver a simplicidade de outros tempos,
quando pais e filhos eram mais unidos.
Lá, eles fazem as refeições juntos, sem outras distrações.

(Revista Casa e Jardim, 19/07/2016)

encher uma boca de espelhos e soprar em outra
adentro adentro
mascar um vidro limpo tão limpo
que fode com qualquer fada dos dentes
que destitui cada um dos apóstolos que nos nascem
nas gengivas superiores e inferiores
acorda
acorda aí do devaneio com a lembrança um pouco alta
da conversa doutro dia
da patroa com o patrão

linhas de diálogos entrecortados

ralar ralar ao redor do fogo e nunca
cear ao redor da mesa é a sina

e é a sina da mão que opera da mão que maneja
da mão que põe a ceia
arear tão bem as louças de deixar refletindo
igual na lembrança
um rosto tão morto quanto na outra imagem
de uma panela outra
já surrada e vazia
em cima de peças inox envelhecidas
em bocas de fogões apagadas
e pensa onde botar pra ferver ou o quê
e não cessa a angústia
essa angústia calada de saber às vezes os pra quês
acorda aí com a lembrança um pouco alta
o som do estilhaço cortando outro devaneio
e pensa em como também não fica muito claro
quais os trejeitos
diferentes mas interligados que acionamos
ao quebrar uma xícara um copo um prato
um espelhinho
ora em casa nossa ora em casa doutros
e que nada tem que ver com os trejeitos
da conversa doutro dia
da patroa com o patrão

ela não vem trabalhar essa próxima semana

parece que a filha pequena adoeceu
a tristeza
essa nossa
é assim imensa porque a dor
assim como ela
é quase da família

joga o ar da boca no vidro da janela
e escreve com o dedo um carinho
contra esses dias nublados e enfermos
acorda
acorda aí do devaneio com o som
de algo a respeito dessa angústia de não saber
como é que vai prover o sustento da pequena
cala cala estrelinha
dorme
dorme amanhã é outro dia

círculo de fogo

Panoramic Sea Happening
(Tadeusz Kantor, 1967)
Miserere, Op. 44
(Henryk Górecki)

um kaiju é um animal incomum uma
besta estranha um monstro gigante mas
é também isso
de não saber o que tal profundidade esconde
é isso de sequer saber
o quanto
na esteira daquela ideia que faláramos
da batuta invisível fendendo o ar
aquela ideia do tal lá com os recursos técnicos
da escrita e quê é que é isso fosse o tal
essa espécie de maestro e os leitores
os músicos que ele regia

mas que audácia não é mesmo
talvez seja até por isso que eles não se mexem
paralisam

nas mãos as lentes e outras faculdades bem humanas
anomalias
as concretas capacidades
como essa que agora parece estamos debatendo
a de compor uma canção e a fenda fina
bem fina e tensionável que as separam das outras
capacidades mais abstratas
mas que nos parecem dentro do dialogável
como a de cancelar apocalipses
ou deflagrá-los

como é que se ataca uma nota sem um instrumento

numa mesma passagem de tempo podemos
ficar espantados com o tanto que acumulamos
pra dizer de certas imagens e é só
porque não sabemos o que fazer com a paisagem
que carregamos no colo um trajeto inteiro
incomodados talvez ao longo da viagem e é só
pra não soar tão alto uma ou outra pergunta
que ninguém vem fazendo

a introspecção alcança plateias maiores

ou você acha que é só por seu gesto que mantém-se

eretas
em riste as personagens
ou mais ainda você acha que é fácil
desenhar um ou mais pares de pés e sobre eles despejar
toda uma massa amorfa e mole
tensionável
só pra dizer aqui temos um autorretrato
vai
caminha sobre
sem águas calmas as quais chamarmos

espelho

enquanto animal não bem adestrado
não saber se portar não saber se prostrar
se em pé ou de joelhos quando
é que ele está mais apto a nos matar
das adversidades em potencial quais
as únicas espécies que podem travar determinados diálogos
como uma ou outra conversa sobre determinadas liberdades
como aquela história do animal que se pensou imatável
e na aula reservada pra estáticos saiu do contexto
olhou pro colega ao lado preparou essa deixa

mas daí a gente mata só quando tem fome né

claro que não a gente mata é sempre
que a gente queira
você não ouviu não seu lerdo o senhor dizendo
explicando dos perigos distintos
de uma temporada de caça em que a presa
a assim chamada parcela fraca
quando o assunto é e aqui é a cadeia dos alimentos
uma temporada de caça em que a presa é que matasse

matar bem para viver melhor onde
foi que ouvimos isso e será mesmo que ouvimos

a maré rebentando como sinal do tempo em que vem
um ou outro monstro nascendo
o bom compositor o bom regente
tem de ter sempre claro e ser correto
reger um mar não deve jamais ser o mesmo que cercá-lo

ex machina

> "É um desperdício colocar uma espinha dorsal
> para amparar a flacidez da alma humana."
> (In: "A puta", de Marcia Barbieri)

num futuro
em que o gosto do sal fora extinto
dalgumas peles
encontrava-se facilmente

aplicativo baixar

temperos outros
para o revestimento dos entes sintéticos

mapeamento
i
a
mapeamento barra reprodução em escala de sistemas cognitivos

google buscar

benefícios

da atividade física

da ingestão de sílica artesanal

do consumo de suplementos específicos

do alongamento coparticipativo com fricção

facilitada por secreções e ou excrementos

de tomar

do suor

dos deuses

a piada mortal

> "Parece que foi preso 60 pessoas. Todo mundo era claro.
> De preto só tinha o Rafael. Todo mundo foi solto.
> Só o Rafael foi condenado."
>
> (Adriana de Oliveira Braga)

> Um adolescente foi espancado
> e preso a um poste por uma trava de bicicleta,
> nu, na noite da última sexta-feira,
> na Av. Rui Barbosa, no Flamengo

iluminar caminhos até a metade
talvez se usássemos
aqui o lance do giroflex ser bonito no céu de gotham
penso
mas um giroflex não pode nem ser bom nem ser bonito
todo o tempo mas nem no céu de gotham
mas nem nos muros de gotham as luzes
atropelando os pixos
indicando
ora em azul ora em vermelho os tipos sanguíneos e qual o apreço
como não só nos dissessem mas mostrassem em imagem
desenho
que cada qual tem e terá seu peso no quesito
derramamento

um circo ou um desses seus franqueados

um show de tv um jornal um reality um parente desses do tipo
bem informados e de bem
um palco qualquer outro desses mais jurídicos
com um anunciante de picadeiro
que apontasse uma jaula que inexistisse e nos apresentasse

senhoras e senhores
cidadãos de todas as sortes e naturezas e necessidades
respeitável
colegiado
bem vindos ao espetáculo do

somostodozespectadores

aqui está com vocês
o homem comum

despido
chorando
violado

e as tags
dificilmente
cometem erros
por vezes um preto por vezes um pobre

por vezes um mesmo

a realidade mimetizando uns trechos banalizados e a gente
passando com medo de cairmos de novo
num desses filmes que acabam sem explicar
nada
parecendo que ficou pela

ah esse é daqueles do tipo de fazer pensar
olhar pros lados e dizer

mas conta aqui pra gente
essa paisagem aí
é de doer pra fora ou pra dentro

e qualquer coisa respinga em meio às gargalhadas

iluminar caminhos
só até a metade

última garrafa que lançamos ao cosmo

"I'll be fine
I'll be waiting patiently"
(Depeche Mode, In: "Aquaman OST")

lembra quando ousáramos pensar o tempo
enquanto lugar enquanto vazio lembra
quando sabíamos o que aquilo nos reservava mas
como é que poderíamos
nas mensagens codificadas ao que não percebemos
encubar os horrores e as calmarias não se sabe qual
é o que vem primeiro qual
o tanto de caracteres necessários
decerto mesmo que uns amores acontecem no entremeio

não importa o teor ou a índole das escuridões
toda essa luz de agora que consumimos
de coisas celestes
toda essa luz vem do passado e só podemos chamar
típicos
os lugares que se assemelhem
ao vácuo

o ponto euxino lá do alto
quê é que é isso
euxino

não
é que às vezes usamos certo nome só por acharmos bonito
o som preenchendo um tempo
é pungente e é raro e é belo
a sonoridade que propicia
um píer que só entregasse partidas
a solidão extrema a solidão em um ápice
vida
cercada de água por todas as possibilidades
enquanto
o céu contava pra gente uma noite
que muito parecia uma mentira

pequenópolis

> **"Somebody save me**
> **Let your warm hands break right through**
> **Somebody save me**
> **I don't care how you do it**
> **Just stay"**
>
> **(Remy Zero)**

você pode até ser um deus ou um narrador construtor
desses de fazer as coisas todas de mundos
em tais dias e tais noites
pra nem falar em números
você pode até ser um deus ou um narrador desses
mono
desses das onisciências e das onipotências e das onibenevolências
pra nem falar em presenças

e é bom não é

eh

mas você já sentiu a sensação assim em pleonasmo mesmo
de colar na favela depois da tempestade de vento
ou qualquer outro evento menos ou mais supersticioso
menos ou mais dos cunhos dos cataclismos

enfim depois
que qualquer coisa menos ou mais deífica
terminou com os barracos os negócios todos destroçados
será que você já sentiu a sensação
de olhar na cara das parça e dos parça da mãe e do pai
depois de despejarem
a última das latas de concreto na armação da laje
a sensação de reerguer uma casa
que é em outras línguas
talvez não do ramo
da árvore das mais cultas ou mais hebraicas
re construir
e
ou
criar pela segunda vez
a sensação de se sentir não um deus um
sei lá o quê acima de tudo

aqui só a sensação de sentir as mãos por igual cravejadas
na brita e pela brita
sentir pesados todos os seus antebraços num movimento

as caras entre as mãos como um dos nomes coletivos de cansaço

que aqui se atende o que pedem com presença

às vezes local às vezes periférica
aqui esquece essa de réstias de céus fisgando o solo
aqui nos damos aqui o que se oferece é isso
um dos nomes coletivos de força
pendurar-se na espessura dos alicerces

the gingerbread men

"A felicidade é um cobertor quente, Charlie Brown"

traduzindo, com Carla Sanzochi

um homem de papel sentado
ou será que é deitado
em cima
ou será que é debaixo
de uma casa de papel

é a casa
é que é feita de carne
ou é ele
é que é feito de casa

e ele grita
e é porque ele não sabe

as três mães do inferno

"[...] I'm not a birthday present [...]"

(In: "The pale emperor", Marilyn Manson, 2015)

suspiriorum
e se você pudesse controlar qualquer coisa como
exemplo um sufrágio
assim
como se treina os animais ariscos assim
como se aprende a voar nos sonhos
encubando pequenas possessões
sopro a sopro dizendo em segredo
as liberdades são adquiridas
em cromatismo
e os tons são neon demonía
tenebrarum
uma estátua erguida
pela negociação de trégua
entre o batente da porta entreaberta
entre um parapeito de janela semicerrada
entre esses derivados dos pontos de escape e entrada

de uma casa e o poente
a tela ela não esconde
lá no fundo bem no fundo dá pra ver ainda
será uma cidade ou uma pira acesa
tirar à luz
como nesse sentido inverso mesmo como quem
apagasse agonias
lachrymarum
sal e óleo sobre tela
acarinhar uma ferida aberta carne
ou ecrã expostos
enquanto demonstração do afeto
qual
a eficácia disso enquanto isso de afeto
o que nasce
da carne é carne
o que nasce
do espírito é espírito
demônias
grávidas das mais belas dos mais belos fantasmas
amas
do esplendor e também do desespero
portanto também do que é ou não é vida

colophon

"Erik Lehnsherr: É isso o que você quer de mim,
é isso o que eu sou? É isso o que eu sou?
Interlocutor: ..."

um perdedor tem uma certa liberdade
enfileirar
como bem entenda
umas desabilidades nas cristaleiras

premiar uns porta retratos

poema tirado de uma notícia de portal

"anti sementes"
segundo Angharad, a esplêndida

e se é de degredo que arguimos
falemos então aqui
do degredo enquanto extermínio

por extensão
afastamento
voluntário ou compulsório de um contexto social
a fúria que recai sobre certas estradas
a fúria que recai sobre certos homens nessas estradas
de forma quase drônica muito étnica muito específica

falemos
da balística enquanto desplantio

sobre distância disseram perto o suficiente para queimar
as bordas do buraco aberto na camisa
cauterizar os panos

do uniforme escolar
desnecessário inserirmos aqui um por exemplo

falemos
do projétil diagnosticado como perdido

esse atingiu a barriga e saiu pelas costas
como a extensão
formal
e anti lírica
de um braço colonial de um capitão desses de mato
não desbravando e sim destruindo
tudo o que no trajeto
e não no caminho
era o corpo preto
de um menino
quantas mais das vezes matado também e até antes
nos comentários

aniversário

"Prof. Brand: Do not go gentle into that good night.
Rage, rage against the dying of the light."

a cada
seis de janeiro por exemplo se for pra ancorarmos
uma referência nisso de espaço tempo
a cada
ritornelo cravado nessa linha intérmina que teimamos
chamar de ciclo
a cada dia desses de sinonímias bem específicas
anulávamos
o ódio
impedíamos
e só porque as soprávamos
as chamas das fúrias
mas
será que só
mas decerto tanto
muitos
felizes retornos

cervo sagrado

> "[...] As pessoas cansam-se da piedade
> quando a piedade é inútil [...]"
>
> (In: "A peste", de Albert Camus)

a taxidermia pária já é uma outra arte
uns torsos contemporâneos ou outros cortes primários
outras especiarias
partes
de animais
decorativas porque usadas de enfeites em paredes
sinaleiras
luzes de aviso padrão
alertando porque é esse seu uso então alertam
olhem
ali no escopo do caçador
do cirurgião do arquiteto do criador do balconista
ponto não há
em que não nos mirem em ameaça

mas as peças em resina e mdf não satisfazem
não pegam moda

que a vontade de matar não a perdem os homenzinhos
nem os jovens e nem os velhos
esses últimos talvez com complicações
no executar da tarefa porque é isso o ser homem e ser velho
dificuldades motoras em executar essas vontades
que a resina não supre

roga então uma fala
como se a gente tivesse somente cabeça
ligada a pulmões sem carcaça nenhuma
nem braços nem nada

eu digo
sinto e vejo sua respiração à mostra
e penso na beleza triste que é enxergar de cada vez
que se infla a vida

dá um nome a isso

eu digo
é sopro
outros dizem casa

fraturar as raízes duma ilha

**"[...]
Ou a enxuta memória de quem não sofreu, não morreu –
apenas olhou.**

E gravou a visão do demónio no quintal."

(In: A dolorosa raiz do Micondó, de Conceição Lima)

daí uma vez
não
não gosto do
era
uma vez ela me perguntou

se você pudesse ser alguém
da literatura quem seria

respondi eu seria
a susan sontag
a conceição lima
a hilda hilst
a carolina maria de jesus
a paulina chiziane
eu seria

a stela do patrocínio

e era só isso mesmo
histórias à parte e também entropias
encontramo-nos noutra forma
encontramo-nos noutro modo
encontramo-nos noutro sítio

ordália

"Se deus der rolê com cartão magnético
nem por marca de nascença
reconhecem no exame médico
[...]"
(In: "Direto do campo de extermínio", Facção Central, 2003)

menos o ônibus chacoalha mais livres as mãos
perceber não só com o corpo mas
com o corpo inteiro
a organização dos ódios ainda que desses de pequeno porte
e a maneira lenta
lentíssima bem lenta pela qual nossas formas a um só tempo
abrangem a terra e desatam da terra
as maneiras pelas quais os determinados chãos
onde cremos nem sempre
funcionam nos mesmos termos ou permitem
os embarques e os desembarques aqueles
aos quais queremos
o aviso é claro o aviso é objetivo
fale com o motorista somente o necessário
bem como os outros do tipo
esse assento é de uso exclusivo ou preferencial
ou fique atrás da faixa amarela

talvez soassem melhor se fossem não pisoteie lugares místicos
de caminho no corredor vamos uns aos outros
nos evitando mas nos ouvindo

oh
que será de nossos filhos de cem anos depois de tudo isso
terão eles também alguém nos assentos aos lados pra dialogar
pra perguntar e aí valeu
mas por que um céu tão baixo
mas por que abaixaram tanto esse céu
é pra poder tocar sem as ajudas de aparatos levadiços será
e ainda que o céu se quebre não condenaremos os nossos

opa no próximo eu desço satisfação te encontrar
precisamos nos ver com mais tempo
queride fica bem agora com licença enquanto eu mato o céu

ali espia
o gambé com o negócio coldre né que fala
desabotoado

aham
dizem nos transportes públicos eles têm que tá sempre de pé

menina mas cê ouviu quando ele falou

do milagre do barro como portento divino
mas se há todos esses outros de porte pequeno
as fomes as sedes as linfas
e o principal deles esse milagre
o da brita

oxe pior ainda
e se o enquanto vamos apertando botões puxando cordinhas
é o enquanto vamos nos anulando uns aos outros enquanto criaturas
de caminho pelos corredores nos aniquilando

pois é
ainda que aqui donde a gente tá
parece tudo meio calmo um pouco
ih olha lá
o pivete estrebuchando no chão esse aí
deve tá na abstinência da pedra
certeza

ou não
pode ser na abstinência do pão talvez
tomara chegue logo nosso ponto
que de bucho cheio talvez a gente expia umas certezas
dessas mais bestas
os quinze minutos de rango hoje deu nem pra metade da marmita

no pano de fundo desses diálogos muito muito imprecisos
um cão pixa com mijo ao pé da letra no poste
o seguinte emblema
estamos será a quantas refeições do colapso cívico
debaixo desse sol tremendo

azarath metrion zinthos

> **"[...] não é querer dizer amor e não chegar a língua,**
> **é ter a língua e não chegar ao amor. [...]"**
> **(In: "O Evangelho segundo Jesus Cristo", de José Saramago)**

sabem eu andei pensando sobre essa entidade encrustada
alojada geralmente em nossos peitos
e não só sobre sua natureza sua composição seus desígnios
mas também sobre o complexo construto de traumas que formam
a parede a barreira torácica e acho
creio
que se exposta a uma fonte de energia
poderosa o bastante semelhante
à sua própria assinatura
desejo
será que a integridade molecular
romperia talvez

as perguntas como essas mãos
abstratas que provessem com as minhas

é um preço alto demais

eh
é um preço alto demais

é só você quem pode pagá-lo

eh
e só eu posso pagá-lo

é tanto tempo desde a última vez que sua boca
nunca mais tocou a minha

eh
e faz quanto tempo

se você pudesse ter um poder qual seria

eu pediria algo como
que fosse teu coração uma lâmina
que ao meu me impedisse
tornar intangível

feito

pole walk in planche

"[...] And you think love is to pray
But I'm sorry I don't pray that way [...]"
(In: "The Golden age of grotesque", Marilyn Manson, 2003)

há registro de uma foto de um caso
semifamoso ou nada
de um sanatório em massachussetts
mil novecentos e vinte e oito
uma foto de seis mulheres
flutuando
contra uma parede
as seis bruxas irmãs uma das traduções
que encontrei pelos sítios de busca
pra six sister witches ou levitating portuguese witch sisters
e não na foto e nem nos sites
mas aqui quase era e é ainda audível todas elas
sussurrando
pro acabamento descascado da parede coisas como
erigir um muro de sentenças pra o depois derrubá-lo
produzir o que é importante no aço dos lábios
mas e a questão da foto ser uma fraude

nada
já era impossível não
enxergá-las como deusas
as deidades que tomam conta
das artes da gravidade anjos
da totalidade

sete

: **nós queremos o fim imediato da brutalidade policial**
e dos assassinatos de pessoas negras.

coloca pra passar aí alguma miséria
faz dela uma prenda
um objeto de estudo
um alivio cômico dentro do horário
nobre um linchamento desnecessário com fins lucrativos
e cada um encena um suspiro de gala enquanto só assiste
enquanto no enterro de mais
uma irmã de mais um irmão uma voz
segurando na oitava da outra canta
que o fruto estranho a carne
mais barata do mercado é a carne negra

ah mas como é que faz pra ter vontade
pra agir

mas quem mesmo o monstro
que te crava nas costas os dentes e você

é quem sente o gosto
calçar os sapatos do outro nada disso funciona nem
basta
você imaginar numa barca de gente comercializada
tua boca pra sempre no grupo
das bocas em semi alegria forçada pra despistar açoite
nem basta você imaginar um capuz
branco enforcando pra sempre a tua pele
ao lado de uma cruz em chamas
nem basta você imaginar um capitão do mato
te usando pra sempre
de cobaia em exemplos de estrangulamentos
gratuitamente e com abuso desde as fazendas
até as filas dos caixas
nem
basta você imaginar um coturno
tático pisando seu rosto humano pra sempre
e você mesmo ao lado pra sempre um verme
passeando na calçada sua isenção ou elegância

ah mas pra mudar essas coisas leva tempo

é o que diz o branco
apresentador do programa vespertino
há uns quatrocentos anos mais ou menos

cão das lágrimas

mas por que esperar alguma cegueira
para aprendèr
pelas mãos um rosto

scorpion

faz então uma lista de antagonistas dos mortos vivos
conta pra gente dos prós e dos contras
das maneiras pelas quais o que somos enquanto fim
é processado

tem aquele que sabe do preparo de rostos pra cortejos
quem inventou que isso fosse um emprego e não
uma situação desconfortável
ele dizia pra gente de uma história
de uma coxia de incinerar
e da véspera das faces em sua intensa espera
tudo isso acaba deixando a gente pra baixo
será que convém
trocar a pele dos nossos mortos
antes de assoprá-los
é bem provável

rolimã

quando a coragem
nascia era no meio da favela
com os pés
rachando a terra e os asfaltos
joelhos e cotovelos
em trepidação entre o ferimento e a possibilidade
e o vento
germinando nas palmas das nossas mãos

ao infinito e além

para L. L.

em meados dos anos noventa um grupo
de excelentes cineastas como hoje o sabemos
lançava toy story pela disney pixar e com um intervalo
de quatro anos era lançada a sequência da animação
no mesmo passo de tempo eu descobria antes mesmo
de usarem as palavras que hoje usam pra isso
meu primeiro amor
no mesmo passo de tempo eu passava pelo fundamental dois
e aprendia também com uma enchente
que arrastara todos os muros possíveis
do que eu chamava casa que arrastara
todos os meus pertences que então eram uns gibis e uns brinquedos
aprendia sobre abandono e sobre acolhimento
aprendia podemos dizer
sobre o que pode carregar os bracinhos de um brinquedo
que não é só fobia e trauma que nos incitam os inanimados
aprendia uns usos específicos de algumas palavras

bom falarmos disso
assim damos jeito de incluir aqui algo sobre as linguagens
e evitamos situações de equívoco das leituras
como aquela onde ninguém que dissesse-nos
que de cada vez que se pronuncia
vida
é pouco ou nada provável que tenhamos
vida entre os lábios
é raríssimo
aprendia o peso que tem alguém escrever o nome
na sola de nosso pé direito
como a criança fazia em seus brinquedos no desenho
e como hoje sei fazem parecido os legistas
e pode ser um defeito de nosso ritmo e direção de leitura
mas essa inscrição nada tinha a ver com posse
veja-se pela ordenação das cenas o que vinha primeiro
significava you've got a friend in me
como hoje o sabemos eu aprendia então
com meu primeiro amor dividindo
uns gibis e uns brinquedos comigo
um amor sem essa de pertencimentos

ow isso não é voar
isso é cair com estilo
isso

é um verdadeiro salto no tempo e presencio
com meus olhos de agora
um nosso primeiro beijo
o ruim de certas quedas é que o atrito seca a retina

sílex

para W. W.
minha estrela, meu silêncio perfeito

é domingo e já é tarde
mas
quando não é
procuro o controle
tá aqui
no beiral do sofá
aperto o botão liga desliga
nada
mexo nas pilhas dou umas duas ou três batidas no mesmo
nada
talvez seja mesmo o fim dessas pilhas
tento lembrar se foi por falta de dinheiro
ou se foi por esquecimento que deixei de trocá-las há tempos
há dias que falhavam
levanto e ligo a tevê
analogicamente
coloco um episódio de uma série que já vi

e dou uma volta pela casa
vejo no parapeito de uma das janelas baixas
o isqueiro bic tamanho grande azul que você esqueceu
e há semanas tá ali na beirada
penso o seguinte

nem fumamos juntos um último cigarro

mas penso
que dessa última vez que voltamos
há um bom tempo que eu já nem fumava mais
mas penso
agora em seguida que dizer eu ou dizer a gente
quando se fala assim só com o pensamento
a voz é a mesma embora os tons distintos
como dizer a chama artificial e dizer
a chama cadente
como dizer a resistência às intempéries e dizer
a resistência ao tempo
aciono o isqueiro e funciona de prima
contemplo
numa silenciosa beleza o que é ígneo

only lovers left alive

para R. F.

"[...] But you can say, baby
Baby, can I hold you tonight? [...]"
(In: "Tracy Chapman", Tracy Chapman, 1988)

duas pessoas dançando sem rostos
muito complexos os movimentos faciais
pra captar com simples olhos uma coreografia
em que nada se via menos
os estados de espíritos
o corpo e essas áreas de segurança
limítrofes
entre distância segura e precipício
entre distância segura e entrelaçamento
a nudez que a luz em velocidade demarca
momento
onde quem dança
e essas duas pessoas dançam
diz
quando eu salto o espaço entre meu pé e o solo
como entre o olho e a paisagem enquanto
existe paisagem

é onde cresce um mundo ou nasce outro
o espaço é o próprio tempo
e vice versa juntos
muito juntos esses corpos numa ação
fantasmagórica à distância
verschränkung
conjuraria um feiticeiro
expulsaria um exorcista
declamaria um profissional mais corrompido
e como dos dominós o efeito
dois mesmos lados tombariam
a um só tempo
em lugares distintos
o amor é um instante o ódio é um instante
desses nada típicos desses
enquantos
em que
um pode
mas nem
precisa dizer ao outro

eu te sei

mesmo distantes

avada kedavra

> "Warlock: Por que é que você me trouxe aqui?
> Zamiel/Canalizadora: Para que reúna
> aquilo que foi tripartido."

e disse não pronunciarás nunca o título
gênese como quem diz

ruína

e se na história
mas e se na história hein
o mundo
existe só
pra se acabar no fim
pra se acabar num tríptico

eu crio enquanto falo

uma queda
bonita

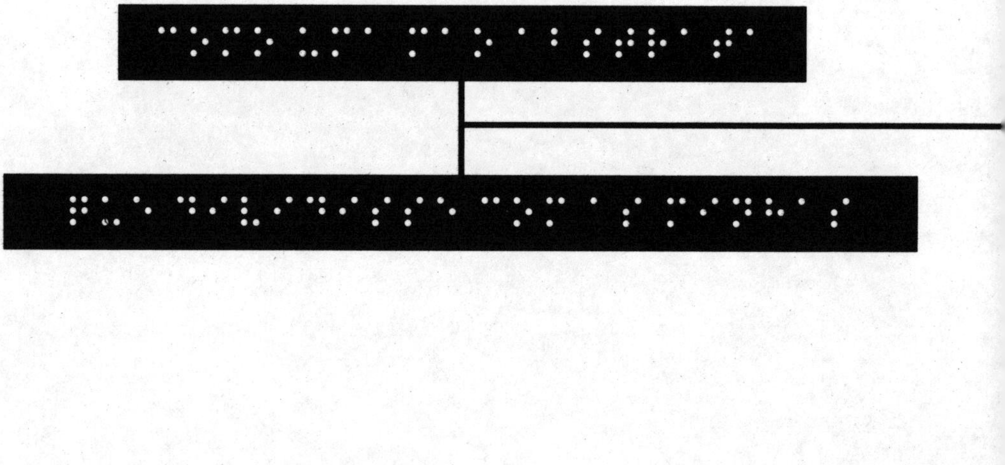

como uma mão abstrata

que dividisse com as minhas

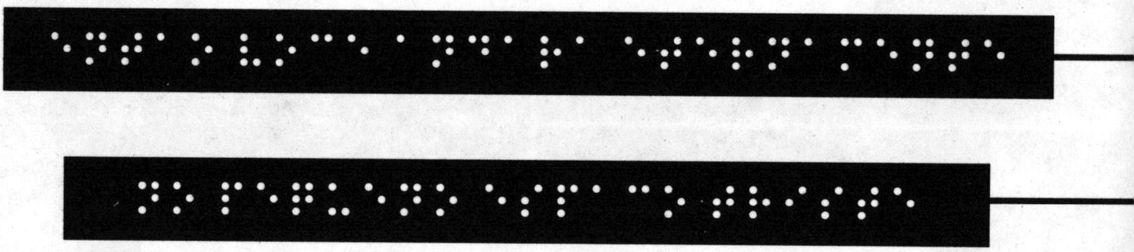

"Então você andará eternamente pelos reinos sombrios, enfrentando o mal que ninguém foi capaz de enfrentar. Que a sua sede de vingança nunca seja saciada, que o sangue de sua espada nunca seque e que você nunca mais seja necessário novamente.
– Registro de Corrax

Eles são a fúria, brutais, insaciáveis, impiedosos. Mas você... você vai ser pior. Estripar e lacerar, até o fim."

(Doom, 2016)

"no pequeno espaço triste, as crianças
que por muito não pertenciam
corriam com olhares e pernas
pelos rostos desconhecidos,
lágrimas pisadas
e fôlegos
dos que sucumbiam à sua forma

vai, e deixa o nome no mármore ao lado
de quem esvaziou corações na primeira partida
dia em que uma criança não correu
[o que há, que chora tanto?
é que perdeu alguém, diz a menina do grupo dos acalantos]
e passou a viver também."

("sete horas, o sepulcro" – Beatriz Ribeirão)

Ilustração: Mariana Godoy

⠏⠕⠎⠋⠁⠉⠊⠕

Posfácio à implantação de um trauma e seu sucesso*

POESIA SE FAZ NA MARRA

"quando o último urso polar se enforcar"

A escolha é difícil, mas talvez seja esta a imagem mais exótica do estranho livro que ora acabamos de ler...

Este pugilista que já socou o leitor no baço com versos certeiros em seu *Rachar átomos e depois*, agora senta-se ofegante no corner do ringue para encarar seu interlocutor nos olhos: cobrar-lhe com juros. Surrado e ferido, mas não morto, o poeta intima mais uma vez o discurso acuado da poesia barata e lhe lança o desafio: decifra-me ou trituro-te.

O que vocês acabaram de ler foi o processo lento, doloroso e permanente do fenômeno traumático. Notem que o título desta seleta já pressupõe a escansão de um mal maior. Jamais o "trauma" como teleologia dos medos e frustrações fincados na alma. Não. É a dissecação pragmática, criteriosa e com minúcias poliédricas de um processo que se alonga diante de anos de

---

vivências. Como se o trauma não fosse algo pontual, escondido no ser, mas um algo qualquer, inominável, que caminha de mãos dadas com o sujeito, com pleno (in)sucesso.

Estes poemas, que trazem em sua forma um quê de prosa – ainda que a pontuação tenha sido deglutida pelo Pantagruel da arbitrariedade que só cabe ao criador –, versam sobre a desagregação, sobre o fundo cego de uma garrafa côncava, o absurdo de um osso que arde quando sente a vibração de um despertador às 6:30 da manhã de uma segunda-feira embargada em ressaca moral adquirida.

Em vários momentos, o poliengenhoso boxer Escudeiro parece dar uma dura em Deus e lhe cobrar as contas da pequenópolis que não pediu para nascer. É como se regozijasse no escárnio ao pensar blasfêmias à lá "Se Deus veio, é bom que esteja armado".

Outras vezes, numa combustão, num átimo, o nocaute se retrai de volta ao feto. E temos um pouco mais de metafísica lynchiana no jogo logopaico de montar e desmontar a sintaxe. Tal e qual um bebê brincando de cubo mágico. Lembram-se?

um homem de papel sentado
ou será que é deitado

em cima
ou será que é debaixo
de uma casa de papel

é a casa
é que é feita de carne
ou é ele
é que é feito de casa

e ele grita
e é porque ele não sabe

Assistir ao trauma implantar-se com sucesso é sina. Afrontar o inexorável em toda sua ferocidade é obrigação do artífice da língua, o poeta. Quem seja o covarde a se borrar diante da contradição, que rasgue seu livro e volte ao primário. A poesia de Ricardo Escudeiro não admite poltrões. É para aqueles que honram sua vontade de potência. E é uma nota de corte para os frívolos bardos das baladinhas, que tintilam seus copinhos nos becos das bocas.

Não dá para dizer muito, quando nos damos conta de que é preciso víscera para digerir a facada dos léxicos sinceros, livres, frescos e agitados que sustentam a paixão desta obra. Mas, lanço uma última reflexão. Outro dia eu li que a poesia brasileira contemporânea é sisuda. Pergunto: por um acaso alguém aqui está em condições de distribuir alegrices à granel? O sarro alienado é mais amarelo que o trauma. O trauma será o amor da nova geração. Como diz o vate:

> "uma deformidade que é tanto dela quanto não é só dela"

Volte ao começo. Ainda vai levar umas boas tantas leituras até que este livro se torne amigável. E quando se tornar, é porque entendemos que somos perdedores e temos certas – e muitas – liberdades.

*** por Donny Correia**

⠁ ⠊⠍⠏⠇⠁⠝⠞⠁⠉⠁⠕ ⠙⠑ ⠥⠍ ⠞⠗⠁⠥⠍⠁

⠑ ⠎⠑⠥ ⠎⠥⠉⠑⠎⠎⠕

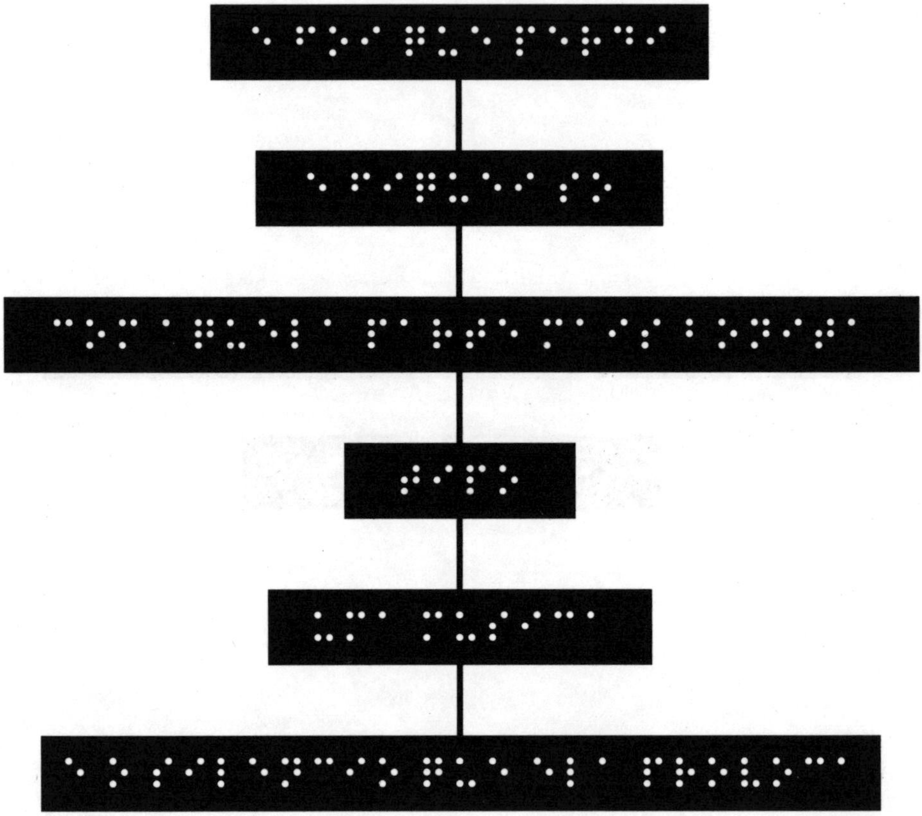

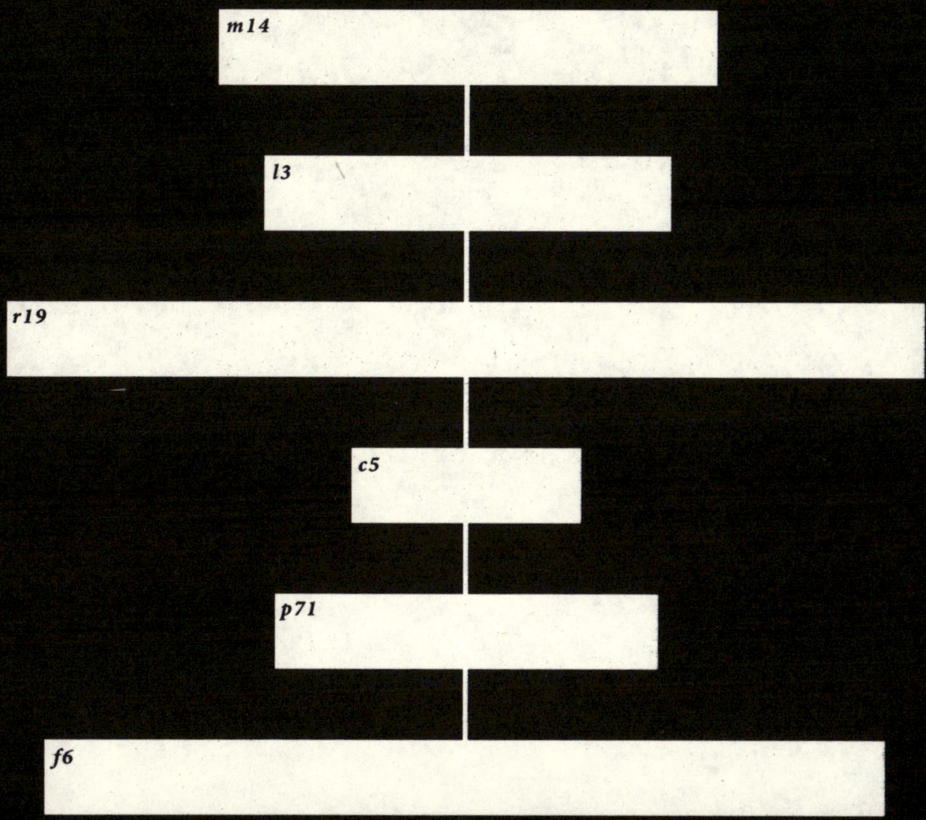
m14
l3
r19
c5
p71
f6

h16

r2